衛斯理系列 少年版 32
地心洪爐

下

作者：衛斯理

文字整理：耿啟文

繪畫：鄺志德

老少咸宜的新作

　　寫了幾十年的小說，從來沒想過讀者的年齡層，直到出版社提出可以有少年版，才猛然省起，讀者年齡不同，對文字的理解和接受能力，也有所不同，確然可以將少年作特定對象而寫作。然本人年邁力衰，且不是所長，就由出版社籌劃。經蘇惠良老總精心處理，少年版面世。讀畢，大是嘆服，豈止少年，直頭老少咸宜，舊文新生，妙不可言，樂為之序。

倪匡　2018.10.11　香港

主要登場角色

張堅

傑弗生

衛斯理

羅勃強脫

藤清泉博士

第十一章

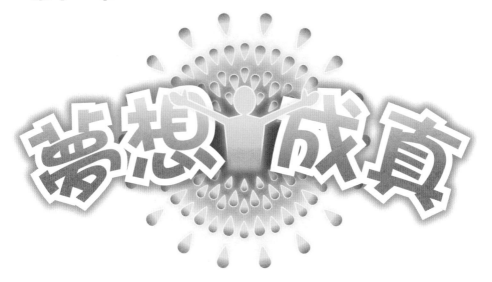

　　傑弗生教授的空中平台來歷不明，而平台上的一切都先進得令人咋舌，完全超出了地球人的科技水平，難免惹起我們的疑心。再加上我意外發現的證據，幾乎可以肯定，平台上的一切，與外星人有關。

　　面對藤清泉博士的質疑，傑弗生呆了一呆，問：「你為什麼會有這樣的質疑？」

5

藤清泉向我指了一指，對傑弗生說：「他指控你，說你為那張照片上的外星人服務。」

我立即把 照片  展示出來，在場所有人，包括張堅和羅勃，都可以看到那照片所浮現的立體影像中，有三個皮膚呈綠色的外星怪人，身形看上去與傑弗生那些機械人差不多。

羅勃首先抬起頭來，問：「傑弗生教授，你可有合理的解釋？」

而傑弗生卻追問我：「你是從哪裏得到這張照片的？」

我冷冷地說：「這不重要，總之，你的 真面目 已被揭露了！」

但他突然苦笑起來，「你們居然懷疑起我來？實在令我太 痛心 了。你們自己看看！」

　　他說罷指向一個機械人，那機械人隨即走到傑弗生的旁邊，身子突然轉了一轉，伸手向沒有人的地方一指，它的指尖突然射出了一道 **強光** 。

　　那道強光是如此之強烈，雖然只有百分之一秒，但已令我們幾個人，眼前足足有半分鐘看不到東西。

　　等到 **視力** 👁👁 恢復時，我們每個人都可以看

到，那機械人伸手指着的地方，本來是一個小花圃，有着灌木和許多花草的，如今卻沒有了，連一點 **灰燼** 也沒留下。

傑弗生大叫道：「你們看清楚了沒有？」

我愣了一愣，「那是什麼玩意？」

他說：「這是地球人夢寐以求的 **死光武器** ，熱度達到攝氏六千度以上的光束，能使任何固體的東西變成氣體！而這種裝置，在每一個機械人的身上都有，我要把你們變成氣體，簡直是 **易如反掌** 的事情！」

我的臉一定在發青，吸了一口氣說：「你嚇不倒我們的。」

「我不是要嚇你們，我是要讓你們明白，我沒有害人之心。如果我真要害人的話，早就把你們，甚至地球上任何人都殺掉！」

我繼續質疑道：「因為你還需要**利用**我們。」

傑弗生望着我，無可奈何地搖着頭，「衛斯理，我生平未曾見過比你更**固執**和蠻不講理的人！」然後他望向張堅，「張堅，你的朋友實在太令我失望了！」

我立即說：「你可別岔開話題去，老實地告訴我們，你是什麼時候開始為那些外星人**服務**的？」

傑弗生嘆了一口氣，「我根本從未見過他們，不過，我知道有他們的存在，你們能詳細聽我解釋麼？我們可以進去喝一杯茶，慢慢地談。」

藤清泉點點頭，「好的，我們進去，將話說個明白。」

傑弗生便向前走去，我們四個人跟在他的後面，進入那座 **六角形**  的建築物，來到一間寬大的房間，那是佈置得十分舒適的起居室。傑弗生沒有讓機械人進來，這使我們放心了些。

我們坐下來，傑弗生就坐在我的對面，他望着我説：「衛斯理，你給我添了許多 ，但是，也幫了我很大的忙。」

我冷冷地説：「別 **故弄玄虛** 了，你是什麼時候受外星人收買，開始為他們做事的？」

傑弗生深吸一口氣，「我現在開始叙述我的遭遇，

這是我從未向人説過的。事情始於十二年前那個春天的早晨，美國麻省理工學院附近，在教授的住宅區中，我在牀上醒來，懶洋洋地想着：我還想多睡一會，卻又不得不起牀。要是有什麼人發明了和真人幾乎相同的機械人，它們會按照人的意思去工作，那有多好。這樣的話，人們就可以讓機械人代替自己去做所有不願意做的事，而自己則盡情享樂。

「我想着想着，實在不願意動，只想有人將我的晨袍取來，好使我一起牀就能披在身上。我不知道在朦朧中想了多久，忽然聽到院子裏有一下輕微的聲響。

「我連忙睜開眼來，陽光射到我的眼睛上，我看到窗外的院子裏，停着一艘像海龜一樣的飛船，並且走出兩個身形矮小、戴着**銅頭罩**⊙的人。

「當時我心中非常驚駭，目睹那兩個人推開了玻璃門。那門是鎖着的，但他們一推就開了，門鎖應聲破裂。

「我整個人**僵**在牀上，不懂反應，只見那兩個人推門而入後，停了一停，其中一個拿起了掛在衣架上的晨袍，來到了我的面前。

「我呆呆地接過了那件晨袍，披在身上，自然而然地説了一句『謝謝』，那兩個人發出了一種十分奇怪的聲音，然後便退了出去，走了。

「我損失了一個門鎖，卻真的**如我所願**，有人拿晨袍給我。

「我望向窗外，那兩個人進了飛船，飛船以驚人的速

度升空而去，彷彿這兩人的到來，就是為了替我拿那件晨袍一樣！

「我在牀上呆了許久才起來，我的思想被一連串問題所佔據，以致我駕車去學校途中，幾乎失事。我整天心神恍惚，到了下課回家的時候，我一邊開車，又一邊不斷地想：那奇異的飛船和奇異的人，會不會又在我家中出現呢？

「我的心情很矛盾，既不希望他們再出現，卻又想再看清楚和弄清楚他們是什麼。

「當我快到家門口的時候，我聽到了一陣割草機的聲音。我把車駛進車房後，戰戰兢兢地走到後花園，又看到了那兩個怪人，正在熟練地使用我的割草機，替我割草，而他們的飛船則停在一旁。

「我想起來了，今天，我由於精神困惑的關係，曾強

迫自己的腦筋去想其他事情，例如我想起園子中的草太長了，得趕快割草，我更花了不少時間思考要把草割成什麼式樣，最後覺得弄成一個 **中國古錢 的圖案** 也不錯。而這時，那兩個怪人正是將草割成了中國古錢的圖案！

「我呆在當場，出不了聲，那兩個究竟是什麼人？他

們是 **阿拉丁神燈** 中的精靈麼？怎會我想什麼，他們都知道，並且替我完成我所要做的事？

「那兩個人完成割草的工作，割草機靜下來了，我才沉聲問：『**你們是什麼人？**』我只問了一句，怪事又發生了，他們兩人竟然發出了和我一模一樣的聲音，講的也是同樣的話：『你們是什麼人？』

「我嚇得後退了一步，又說：『如果你們沒有惡意，請你們說出來歷。』那兩個人又以同樣的聲音，將我的話重複了一遍，像 **錄音機** 一樣。

「我大着膽子走過去。我是一個電子科學家，一來到他們的面前，便立即看出他們不是真人，而是構造極其精密的機械人，我透過它們的銅頭罩，隱約看到了裏面的 **電子線路**。

「我試着命令它們去做事，但它們只是重複我的話，並沒有行動。後來我明白了，它們接受我的控制，不在 言語 上，而是在 思想 上。換句話説，當我決定了要做一件事的時候，那些機械人便會感應得到，然後替我去做！」

我和張堅聽到這裏，終於忍不住同聲大叫：「這太荒謬了！」

第十二章

地球危機

　　我們覺得傑弗生所講的事情太過 **匪夷所思**，但他解釋道：「每一個人的思想，都能形成一種十分微弱的電波，科學家稱之為 **腦電波**。有許多人心靈相通，能夠互相感應，就是腦電波在起作用。每一個人的腦電波頻率都是不同的，我可以說是幸運，也可以說是不幸，我的腦電波頻率，恰好能讓那些機械人接收和理解，他們還會依照我的思想去行事。」

羅勃流露出質疑的神情,挑戰道:「你怎麼證明?能不能用思想叫它們送一杯水進來,**假裝**給衛斯理,其實是給張堅?」

這實在是一個頗複雜的測試,但見傑弗生信心十足,攤開雙手說:「你們看清楚,我在這裏,不碰任何東西,不做動作,甚至 **不說話** ——」

說到這裏,他果然停止了說話,一聲不發,閉上了雙眼,似是專注地想着什麼。然後沒多久,一個機械人真的走了進來,而且手上拿着一杯水,來到了我的面前。

我伸手想取過來,但機械人卻突然退後,像在跟我 **開玩笑** 一樣,把那杯水轉交給張堅,然後它又退了出去。

傑弗生淡然道:「你們看到了沒有,它們完全受我的

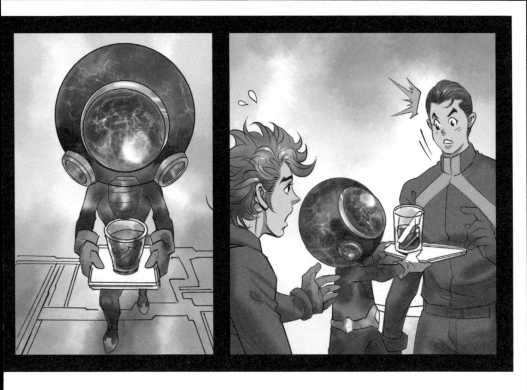

腦電波所控制，我可能是八十億地球人中，唯一一個腦電波 **頻率** 與它們相合的人。」

羅勃還是有疑問，「為什麼這些機械人不會一哄而起地 **執行指令** ？」

傑弗生解釋道：「這些機械人構造精密，而且能互相溝通協調，當其中一個截到了腦電波後，便會發出另一種

信號，通知其他的機械人，再決定誰 **最適合** 去執行指令。這種機械人的神奇之處還不止於此，它們的身體能發射出極其厲害的 **高熱光束** ，記憶系統中有着比愛因斯坦高明的學問，它們可以從事任何人所難以想像的工作，甚至利用記憶系統中的知識，去發明新的東西！」

我着急地提醒他：「傑弗生教授，你只是宣揚機械人的厲害，卻還未提到你和它們主人的 **關係** 。」

傑弗生道：「你們聽我説下去。當天，我只是以思想指揮着機械人去做我所能想到的事情。到了午夜時分，我忽然想到，那兩個機械人必然不是地球人製造的，我想去和它們的 **主人** 會面。

「機械人於是將我帶到了它們的飛船中，飛船急速上升，速度之高，實在難以形容，不到十分鐘，我就來到了這個空中平台。

「當時，我的心情是 狂熱 的，因為我知道眼前
這一切，包括機械人、飛船、空中平台，都絕不是地球人所
能創做出來的，我將會和來自太空的 高級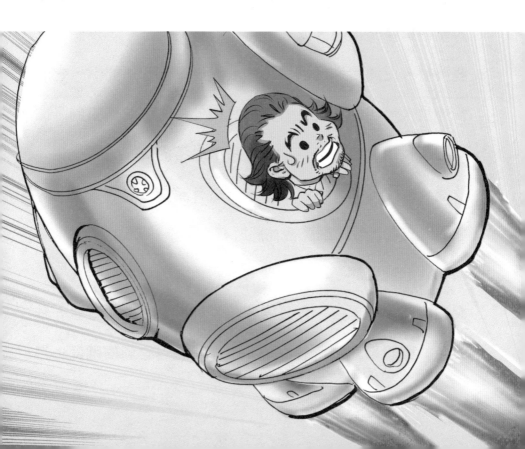生物
接觸。我下了飛船，看到了二十四個機械人，卻見不到預期
中的外星人。

「我四周圍搜索和觀察，空中平台上的儀器，我只懂得極小的一部分，使我如同一個小學生在參觀最新的**科學展覽會**一樣。

「我在空中平台上住了七八天，這裏的所有文字，我全**看不懂**。但是我在無意之中，想像如果有人能把這些文字翻譯成我看得懂的英文就好了，沒想到那些機械人便開始進行翻譯工作。我心中一想：對啊，它們是外星人發明的，自然看得懂那些外星文字，而它們又能夠閱讀我的思想，那表示，我用來思考的英文它們也懂，既懂**外星文**，也懂英文，自然有能力去翻譯。自此，它們就充當了我的翻譯機，將所有文字都翻譯過來。

「它們翻譯了許多重要的資料，我於是開始研究。時間一年一年地過去，我沉浸在科學的深海之中，藉着一種綠色的固體東西維持着生命，因為我通過它們的翻譯，得

知這種東西的包裝紙上的文字是『耐久的食物』的意思，一小塊已足夠使我整個月**不餓不渴**，這種東西似乎能夠在人體內產生一種奇妙的自生作用。

「我繼續埋首研究，發現翻譯出來的文件，全是有關地球的精密測量和計算，例如美國首都華盛頓的地面有多厚，白宮園地與**地心熔岩**的距離，而且不止華盛頓，幾乎每一個城市都有着同樣的紀錄，還有地殼變動、

地心熔岩發生各種變化的詳細紀錄等等。

「我不是地質學家，我不明白這一切紀錄有什麼用途，但我們地球上有一位相當傑出的**地質學家**，那便是藤清泉博士。於是在三年前，我邀請他到這裏來，和我一起研究這裏的一切。而之後的事情，我想可以請藤清泉博士説下去了。」

我們一同望向藤清泉博士，他**皺着雙眉**，臉上的皺紋看來更多更深。他沉思了一會，説：「我到了這裏之後，立即致力研究。我發現這裏的資料，幾乎能夠準確地預測每一次**地震**將要發生的時間和地點。而且，資料中提出了一個理論，説地球遲早會**毀滅**。」

藤清泉的話，顯然連羅勃也未曾聽過，所以驚訝得睜大了眼睛。

藤清泉的臉色變得十分凝重，他說：「**熱脹**冷縮的原理，人人都知道。地球本來是一團熔岩，後來表面漸漸冷卻，形成了地面岩石，而地心之中仍是熔岩。

「地層逐漸加厚，那是熔岩冷卻所致的，但同時，它也形成一種**壓力**，壓向地心的熔岩，地心熔岩受着強大的壓力，總有一天會承受不住，而作大規模噴發。到時地球就會分裂，變成無數個**小星球**●。我們的地球，可能也是不知多久以前，從某星體的一次大爆裂中產生出來的。」

我們呆住了說不出話。

藤清泉停了好一會，才又沉聲道：「根據這裏的資料，這樣的**大爆裂**，會發生在22世紀初。」

羅勃立時叫了起來：「下個世紀就發生了？不可能的！」

藤清泉繼續説：「有一件事十分奇怪，這裏有一份報告書，推算了地球人**科學進步**的速度。據這份報告書估計，地球人在那災難發生前約十年，便會發現這個危機，而從那時起，人類便會傾全力防止災難發生。那十年的時間，剛好足夠讓人類**化險為夷**。」

張堅疑惑地問：「那麼，他們在這裏建立空中平台，又這樣詳細地研究地球，目的何在？」

藤清泉還答不上來，傑弗生教授已插言道：「他們的目的十分明顯，就是要在人類發現這個**危機**之前，先把危機變成事實。換句話説，他們要在22世紀之前，將地球爆成碎片，毀滅地球上的一切生物！」

傑弗生吸了一口氣，繼續説：「我們在這裏研究了幾年，已經可以操縱其中的一些儀器，在許多儀器中，最重要的是一具可以產生巨大力量的**磁波儀**，能影響地殼

加於地心的壓力。」

　　藤清泉接着說：「但我們發現它只能加大壓力，卻不能紓減。而加強壓力的結果，總是使南極的海底發生地震。這聽起來好像十分理想，讓地心的岩漿全部在南極的海底**宣泄**出來，那麼所謂危機就不復存在，地球也得救了。但是，不斷噴發的岩漿，將使南極的冰層融化，到時地球表面會出現不堪設想的**氾濫**！」

　　我呆了片刻，「那麼，你們一直在幹什麼呢？」

　　傑弗生說：「我們在找一個地心岩漿噴發的最佳地點，而且不需要所有熔岩都**噴發**出來，只要噴出極小的一部分，例如幾萬分之一，使地心的壓力稍為紓解，那就可以把危機再**推延**幾百年了。」

第十三章

外星人的一封信

　　根據藤清泉的意見，地球上最適宜讓地心熔岩宣泄的地方，是在 **冰島** 附近。泄出的熔岩，可以在那裏形成一個新的島嶼。

　　但傑弗生表示：「可惜我們辦不到，因為我們根本控制不了熔岩噴發的地點，純粹只能 **加強磁波壓力** 而已。我們一直以為，控制地心熔岩噴發方位的機器並不存在，但是，如今我相信，除了這個空中平台之外，一定還有另一處地方，放置了這樣的儀器！」

我心頭一震，立即想起了那個冰洞，知道傑弗生的估計是對的，但我還是問他：「你為什麼忽然有了這樣的**想法** ？」

他説：「就是毀去了史谷脱探險隊基地的那場意外。」

張堅曾對我説過好多次那是 **意外** ，我到現在仍不明白他的意思。

傑弗生解釋道：「當時我在你的帳篷挨了你的打，自然 **懷恨在心** 。我回到飛船，醒過來後，不斷地詛咒着要毀去你們整個基地。沒想到，事情真的發生了，地心熔岩穿破冰層噴發出來，毀滅了基地。」

「那是什麼意思？」我仍是不明白。

「很簡單，我的  思想腦電波，被機械人所接收，當時我就看到其中一個機械人，突然駕駛最細小的飛船，不知道去了什麼地方。現在我卻猜到了，它一定是去使用某種儀器，令地心熔岩在 指定地點 噴發出來。所以我說，除了這空中平台之外，一定還有另一處 基地 。」

聽了傑弗生的話，我驚訝道：「你現在等於擁有了隨

意控制熔岩噴發的能力，那麼事情就簡單了，你可以用你的思想，命令機械人，將地心熔岩在冰島附近噴發一點點出來，危機就**迎刃而解**了！」

傑弗生立時高興地笑了起來，「對，而且我在想，我們不但可以解決地球被熔岩毀滅的危機，還可以實現**世界和平**。」

「怎麼做？」我懷疑地問。

他說：「如今，世界各國正拚命地製造毀滅性武器，但不論什麼武器，它們能夠和地心熔岩噴發的威力相比擬麼？我們掌握了地心熔岩噴發的力量，等於擁有了地球上最強大的武器，可以藉此威脅制裁**好戰成性**的侵略家！」

我呼了一口氣，「這就是你所説的，用 **彈簧力** 指嚇人的策略？」

傑弗生笑了一下，「你的記性真好。」

而就在這個時候，外面忽然傳來一陣十分奇怪的聲音，我們紛紛 **躍起** ，拉開了門，走出去看看。

傑弗生登時面色蒼白地高叫：「天啊，怎麼一回事？」

只見門外**橫七豎八**地躺滿了機械人，它們的銅頭罩都迸射着火花，體內亦響起連串金屬爆裂的聲音。

我連忙説：「傑弗生，你快令它們恢復正常！」

他搖着頭，「不行了，你看不見麼？它們的機件都徹底碎裂，已成了廢物！」

話音剛落，**聲音**和**火花**都戛然而止了。

羅勃在我和傑弗生之間衝了過去，雙手提起一個機械人，機械人的銅頭罩就落了下來，飄出一大蓬金屬碎屑，以及一股**焦臭**氣味。

我問傑弗生：「你可曾『思想』過要這些機械人毀滅？」

傑弗生搖着頭，連聲道：「當然沒有，我怎會這樣做？」

我想了一想，説：「那麼一定有外來的力量，令這些

機械人毀滅。」

　　張堅忽然叫了起來：「，沒有了這些機械人，我們怎麼控制地心的熔岩，在冰島附近噴發？」

　　傑弗生的神情變得極度，我不禁十分同情，便說：「不必灰心，我知道另一個控制中心在哪裏。」

　　「什麼？真的嗎？」傑弗生驚喜不已。

　　我於是將我發現那個冰洞的經過說了一遍。

　　傑弗生聽完大叫起來：「天，你在那全息顯示器上看到的，一定就是地心熔岩！」

我從貼身的衣袋中，取出了那張 **紙** 來，「這是我從那兩個怪人之一的手上取下來的，那人至死還握着這張紙，可見十分重要。只可惜，如今機械人全毀了，無法讓它們翻譯過來。」

但藤清泉把那張紙接了過來，說：「我有翻譯軟件。」

「**翻譯軟件？**」我問。若非出自藤清泉之口，我真以為對方在講笑話。

傑弗生向我講解：「你也知道，只有我的腦電波能連繫機械人，**命令** 它們替我翻譯，但藤清泉卻不可以，這樣很不方便。因此，我指示機械人編寫了一套翻譯軟件，讓藤清泉有需要的時候，也可以自行使用。」

「那還等什麼？我們先把這張紙上的文字翻譯出來再說，或許上面寫了很重要的東西。」張堅着急道。

我們贊成，藤清泉也立刻去辦。翻譯過程非常簡單，藤清泉用 **手機** 拍下那張紙上的外星文字，然後傳到電腦去，不到兩分鐘，打印機便將翻譯結果打印出來。那張紙果然是一封信，上款的稱呼是「 **地球人** 」，而內文則是：「很高興你們終於看到了這封信。先自我介紹一下，我們也是人，但是來自一個十分遙遠的星球。講出我們星球的名稱，對你們沒有什麼意義，因為地球人對地球以外的事知道得太少了，而我們的星球離銀河系有七百萬 **光年** 那麼遠，你們難以想像吧！」

我們幾個人不禁面面相覷，同意那的確是有點難以想像。

「我們星球的歷史遠較你們悠久，因此我們的科技發展也遠遠超過你們。我們使用空間飛船，就和你們使用腳踏車一樣普遍。我們的生活過得很愉快，高度的文明，使我們幾乎想要什麼就有什麼，這種生活正是地球人所夢寐以求的。

「但是，我們也有不安的地方，因為我們發現了一個遙遠的星球，同樣有着種類豐富的生物，而當中最高等的那種生物，科學水平正在突飛猛進，總有一天，他們會像我們一樣，也會發現我們。

「沒錯，使我們感到憂慮的便是你們地球人。雖然我們絕不嗜殺，但我們知道地球人是嗜殺的，所以我們只好先發制人。

「我們兩個人，奉命前來毀滅地球，我們是坐一艘極其龐大的飛船來的，在進入地球的大氣層後，我們將空中平台自飛船中移出來，利用地球上 **磁性U** 相抗相吸的原

理，使空中平台停留在磁性極強的南極上空。我們裝配好了機械人，開始蒐集有關地球的資料，不久便發現，毀

滅地球的最好方法，就是加強 **地殼** 的壓力，使地球內部的熔岩受不住壓力而爆發，那是最徹底乾淨的毀滅地球方法。

「我們兩個人便循着這條路走，工作進展得十分順利，我們已經可以由心控制地心熔岩的噴發時間、威力和地點，而我們第一個 **試驗地點** ，就是美國的舊金山。

「那是我們第一次試驗，也是最後一次。我們看到了舊金山大地震的慘狀，和地震發生後，人們哀號痛哭的 **悲苦** 。

「我們是有高度文明的生物，在我們的一生中，根本已沒有『殺生』這件事，我們在自己的星球上，相敬相愛，和樂融融。但我們在地球上，卻製造死亡，這使我們兩人深受良心的 **譴責** ！」

　　我們看到這裏，不由自主地抬起頭來，互望了一眼。高度文明的生物，自然有着高度的「**良知**」，這是一定的。

　　我們又繼續看下去，接着的內容是：「我們實在無法再做下去，我們不忍心毀滅地球，因為地球人其實和我們是完全一樣的。地球人嗜殺，可能是進化還未達到高度文明的階段，只要再過幾千年，你們可能會覺得戰爭是**愚昧**和殘酷的，就不再熱中於互相殘害了。

　　「我們於是有了決定，就是**犧牲**自己，結束生命。那麼，我們就可以不必繼續殘害地球人，也不用愧對我們自己的星球了。」

第十四章

偉大人格

看了那封信的內容，我們無不讚頌那兩個外星人的偉大人格，能有這樣 **高尚的情操**，他們的確比我們進步！

那封信還沒有完：「根據我們的推算，地球本身在22世紀初將會有一個大危機，所以我們在結束生命之際，將一切全留下來，希望地球人能夠發現我們留下的設備，用來 **挽救地球**。我們所留下的機械人，能接受

極微弱的電波指揮，我們相信在芸芸地球人當中，必定有能夠相對應的腦電波頻率。

「如果有這樣的一個人，他便能 **指揮** 機械人。不過，我們也作了防範，當那個人腦中所想的，並不是挽救地球，而是為了一己之私，隨意命令機械人去操縱地心熔漿的噴發，造成不必要傷害的話，那麼機械人便會觸發 **自我毀滅機制**。」

看到這裏，傑弗生不禁嘆了一聲，「衛斯理，我實在太 **慚愧** 了，當我挨了你的打，心中暴怒之際，所想的竟是要毀滅你們的營地。但結果……卻毀了那些機械人。」

我苦笑了一下，「是我不好，我打了你，能怪你發怒麼？」

傑弗生連連嘆息。

那封信已近尾聲了：「地球人，祝你們好運，能夠逃過22世紀初的那場劫難。你們要

透過自己的努力，克服一場大災難，才會醒覺💡和進步。我們星球派我們兩人來毀滅地球，實在是多餘的，因為當地球人的文明，進步到能夠發現我們存在的時候，地球人的品格，一定也變得和我們同樣善良，絕不會傷害我們，而只會像添了一個兄弟那樣高興！」

信末的署名，譯出來只是沒有意義的拼音。

我們讀完了這封信，每個人的心頭都十分沉重。

冰洞中那兩個看來十分醜惡可怖的怪人，原來有着如此高貴的品格。

我們五個人靜靜地坐着，如今知道地球將在22世紀初發生 **大災難** 的，恐怕就只有我們五個人。

如果我們將這個消息宣揚出去，那麼只有兩個可能。

一是：**根本沒有人相信**，以為我們五個人在說瘋話。

第二個可能是：人類得悉地球的「死期」是如此之近，難免人人懷着末世的心態，恐怕會引起一場瘋狂的 **暴亂**。

所以，我們暫時不能將這個消息傳播開去，也不能任憑 **世界末日** 來臨。我們只剩下一條路：挽救這個危機！

憑五個人的力量來挽救整個星球的危機，聽起來像 **天方夜譚**，然而，有着那些先進設備，使我們五個人都有信心。

傑弗生教授説過，空中平台上的設備，可以使地殼壓力增加，令地心的熔岩噴發出來。而我深信，在那個冰洞中的設備，可以控制熔岩噴發的方向和地點。

照藤清泉博士的意見，地心熔岩最好的宣泄地點，應該是在北極 **冰島** 附近的海底口，那麼只要到那個冰洞去，學會使用那裏的設備，我們的目的不就可以達到了麼？

地球內部的 **熔漿** 並不需要全部泄出來，只消泄出極小部分，使地心的壓力減低，地球又可以安然度過至少幾百年了。

　　我提出了這個計劃，傑弗生欣然道：「衛斯理，你終於願意加入我們了？」

　　這時，我對傑弗生的人格已不再懷疑，藤清泉博士也相信傑弗生從未與外星人勾結過，大家都消除了疑慮。我點頭回答傑弗生：「是，我願意參加這項工作。」

　　「歡迎！」傑弗生立時和我握手，然後問：「我來分配工作，你不反對吧？」

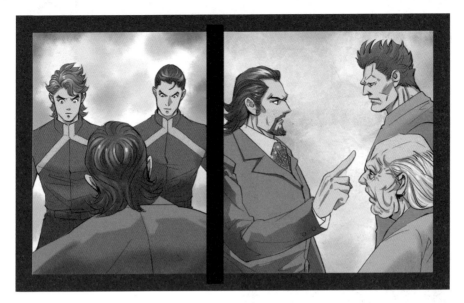

　　我搖頭表示不反對。他便説：「藤清泉、羅勃，你們兩人留在空中平台上，由藤清泉掌管磁波壓力增強儀，羅勃則負責和我們聯絡，接受和傳達我的 **命令** 。」

　　藤清泉和羅勃兩人點了點頭。

　　傑弗生轉向我和張堅，「兩位朋友，我們去找那冰縫裏的 **冰洞** ，找到了之後再説，你們可有什麼意見？」

　　我和張堅同聲道：「沒有意見。」

　　「好，那我們該走了。」他領頭走了出去，我們跟着，走到了屋子後面，那裏有好幾艘海龜形的飛船停着。

傑弗生、張堅和我一同上了其中一艘，傑弗生坐上了駕駛的位置，他看過無數次機械人駕駛這些飛船的情形，所以對一切操作也**瞭如指掌**。他檢查了一下儀器設備後，飛船便騰空而起，迅速地飛去。

一望無際的冰原，看來是如此的單調，根本毫無記號可供辨認。

幸而張堅真不愧為南極探險家，對南極冰原有深刻的了解，他突然說：「轉左，這裏的積雪有輕微的波紋，向左去，可能有**冰縫**。」

傑弗生連忙將飛船向左轉，沒多久，果然看到了一道

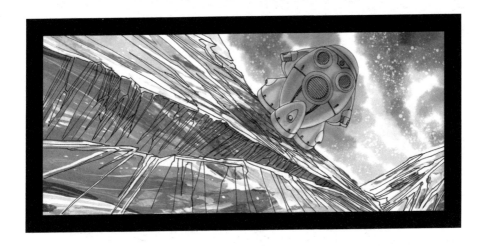

深不可測 的大冰縫。

　　飛船降落在冰縫旁邊，我們三人下了飛船，傑弗生急不及待地問我：「是這冰縫麼？」

　　這個問題我沒有法子答得上。不錯，在我們面前的，是一道極深的冰壑，可能就是我上次掉下去的那一道，但也可能不是，因為我上次跌進冰縫，是被旋風捲進來的。而且這道冰縫極長，就算真是同一道，要找出那個冰洞，也不是容易的事。

　　傑弗生像是知道我有什麼難題一樣，他回到飛船中，拿了一個如同手提吸塵機的儀器走出來，說：

「不要緊，我們可以用這部 **探測儀** ，沿着冰縫慢慢地走。如果探測到冰縫下方似乎有機器的跡象，這儀器就會有反應，到時我們才下去尋找。」

我們於是一同沿着那道冰縫向前走，走出了很遠，傑弗生手中的儀器終於發出了「**嘟 嘟 嘟**」的聲音來，他興奮地叫道：「這裏，應該是這裏了！」

我伏下來，也看到了那條 **繩索** ，那曾救過我性命的繩索，我也肯定地説：「是這裏了，你們看到那繩索沒有？」

我記得我由這條繩索攀上來的時候，繩索上所結的冰都被我弄碎了，但如今，繩索上又 **結滿了冰** 。

傑弗生和張堅都看到了那條繩索，我説：「我先下去，你們跟在我的後面。要小心，冰滑得幾乎把握不住，如果一跌下去，那就什麼都完了。」

我吸了一口氣，慢慢地爬下冰縫，握住那條滿是堅冰的繩索，在雙腳還未鬆開時，我又提醒：「在繩索的盡頭處，有一個大結，雙腳踏下去，足以止住 *下滑* 之勢。等我踏穩了之後，也會把你們托住。」

他們兩人點着頭，我便雙腳一鬆，雙手握住了冰繩，人已向下滑去，下降的速度 *愈來愈快*。

我看看四周冰縫的情形，和我上次落下的時候，沒有多大分別。

但是我感覺到，這條繩索好像不是我上次攀的那一條，它比上次那條長了許多。根據上次的經驗，我應該差不多到達繩索的盡頭時，卻見這條繩索仍未完結，一直延伸下去，*看不到盡頭*。

我心中泛起了一股寒意，向下看着，等了許久，終於看到了這條繩的末端，但竟然並沒有一個大繩結！

　　當我知道這個事實後，我已經滑到那繩子的盡頭了。

我用力，希望能 **抓緊** 繩子，可是並不成功，一下

就滑出了繩子，直掉到冰縫底去！

第十五章

我在雙手滑出繩子之際，只能向上大喊道：「我們找錯地方了，這條繩的末端沒有結！」

但我知道這個時候喊叫也沒有用，因為他們與繩子末端的距離也太近了，根本來不及做什麼，只會和我同一 ——滑出繩子，直掉到冰縫底去。

沒想到的是，原來繩子末端距離冰縫底部非常近，幾乎我一脫手，身體就落到柔軟的 上。

我連忙轉身，避開將要掉下來的張堅。

當張堅跌在我身旁時，我又立即用力把他推開，以防傑弗生 **砸** 到他的身上。

等到我們三人都躺在冰縫底的時候，張堅首先喘着氣說：「我爬下過不少冰縫，但到達 **底部** 的，倒是第一次。」

我們慢慢爬起身來，發現旁邊原來也有一個冰洞，便走進去看看。

這冰洞比我上次到過的那個冰洞還大，特別的是，在冰洞的中心，有一個深不可測的地洞，直通向下面去。而在那個地洞旁邊，竟停泊着一艘小型飛船。

傑弗生連忙跑過去，仔細看了一下飛船，驚喜道：「這艘飛船應該能用！」

我望着那個深不可測的地洞，問：「你們覺得，我們應該坐飛船飛出冰縫，還是……」

他們馬上明白我的意思，竟然異口同聲説：「先飛進地洞裏看看！」

於是，我們三個人擠進了小飛船，由傑弗生駕駛。飛船的性能十分好，向上騰起了幾尺後，便穿過地洞，降了下去。

我們眼前立即一片漆黑，顯示屏上也是漆黑一片，我連忙説：「這樣太危險了，我們要不要先回去？」

但見傑弗生按了一個按鈕，説：「不怕，這飛船懂得，現在我讓它一直往下駛，自動繞過障礙物，直到下方再無去路為止。」

我們只好信任這艘小飛船，一直往下降，居然十分順利，沒遇到什麼 障礙 。

過了幾分鐘，傑弗生轉過頭來説：「根據我的估計，我們至少已下降 七萬米 以上了。」

我大吃一驚，「那麼，我們豈不是要直降到地心去？」

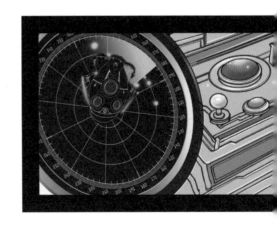

　　張堅緊張得有些**口吃**：「這怎麼可能？地心是熔漿，不會噴出來麼？」

　　就在這時候，本來漆黑的顯示屏上，突然出現了極奇妙的顏色，紅的、綠的、黃的、紫的……每一種顏色都閃耀着光芒，使我們如同置身在一個巨大無比的萬花筒之中，令人**瞠目結舌**。

　　傑弗生驚嘆道：「天啊，這……全是寶石，全是結晶體最完整、最精純的**寶石**！」

　　從飛船下降的速度來估計，這樣的寶石層，至少有一公里厚。寶石層過去後，我們在顯示屏看到了紅褐色的岩石，褐色很深，像是乾了的豬血。

　　紅褐岩石層更厚，在那種岩石層中，間或有大顆大顆的深藍色寶石。

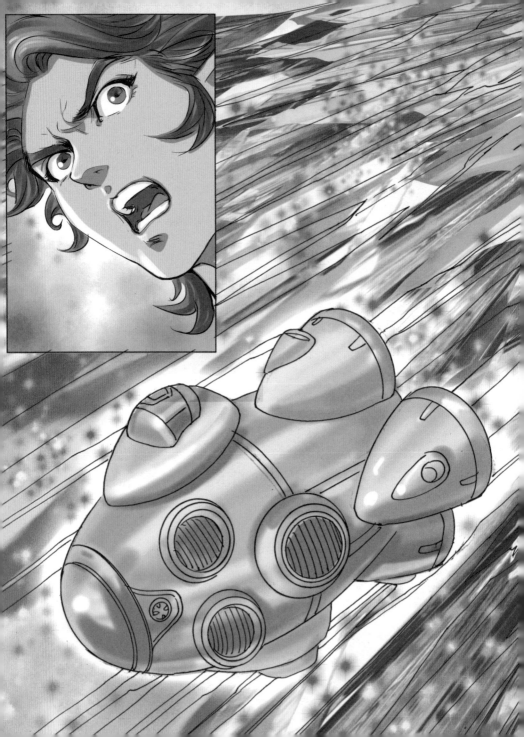

突然，岩石的紅色在增加，褐色在消退，直到岩石變成了完全的紅色。

愈向下去，紅色便愈淡，岩石層的顏色在轉變，起初是橙紅色，後來是橙色，再後來是金黃色、金色，金色之中更帶有白色，接着是一片白色。

傑弗生喃喃地說：「那是 **熔化鋁** 所發出來的光芒，我敢打賭，那一定是鋁！」

但鋁的 **熔點** 極高，如果那種灼白的光芒真是鋁熔化時所發出來的話，那麼，飛船外面的溫度至少超過攝氏六百多度，但我們在飛船內卻完全感覺不到異常的熱力。

接着，我們眼前突然又黑了下來，同時聽到了一種異樣的聲音，像是有一頭 **老虎** 在遠處吼叫着，漸漸地，在怒吼的猛虎不止一頭，而變成了十頭、百頭、千頭、萬頭……使我記起上次在那冰洞中，看到烈火的立體

影像時，所聽到 **驚天動地** 的轟轟聲。

我忍不住叫了起來，可是不論我叫得多麼大聲，都被那種轟轟聲完全掩蓋。

這時，顯示屏上出現了 **灼亮** 的一點，非常細小，卻在漸漸變大。

而顯示屏上可見的其他地方，也在漸漸地變亮，那是一種紫紅色，愈向下去，紅色愈顯著，而那灼亮的物體，看來不像固體，而是膠狀的，是熔岩，正在翻騰流動着，卻又沒有往上濺來，好像有一層很厚的 **透明** 東西在擋着那些熔岩。

這個地洞無疑是那些綠色外星人開出來的，而這艘飛船，當然也是他們的 **傑作**，才可以抵受如此高溫，使我們在飛船內全然不覺得熱。

又過了五分鐘，四周圍已漸漸變成一片灼白，眼前是

一片奇異的、翻騰着的 **火** ！

我們可以説已經置身於地心之中了，地心像是一個碩大無朋的 **洪爐** ！

就在這時，我們看到了那層透明的東西中，有一顆黑色，像是 **攝像鏡頭** 的東西，使我恍然大悟。上次在冰洞中能看到地心洪爐的影像，相信就是這個攝像鏡頭拍下來的！

那透明的一層，如今看清楚了，是一塊極大的結晶體，它將熔岩擋住，使熔岩不會噴發出來。

飛船遇到那塊 **結晶** ，終於再無去路了，自動停在結晶上。

我們透過顯示屏，可以看清熔岩在地心翻滾的情形，身臨其境，更感受到這的確是地球的大禍胎。我實在不敢想像，當地殼的壓力增加，地心熔岩受不住，而全部噴發

出來的話，會是什麼樣的可怕情形。

那當然是 **真正的世界末日了**！

我們沒有停留多久，傑弗生教授就重新操作飛船，向上升去。

我們經過了下來時的各個地層，又到了寶石層中。過了寶石層，便是各種 **隕石** 結成的岩層，然後是以十公里計的橄欖石、花崗岩層，以及各種岩石所構成的地殼。

等到顯示屏上又出現 **白皚皚** 的冰層，那表示我
們已回到冰縫底部了，我們三個人都不由自主地鬆了一口
氣。冰層雖然陰冷可怖，但當我們經歷過接近地心邊緣，
面對着那種 **驚心動魄** 的熔岩後，冰冷的冰層顯得親
切多了。

小飛船接着又向上
飛出了冰縫，在冰原上停
了下來。我們原來的那艘
大飛船，仍靜靜地停在一
旁。

我們走出了小飛船，
傑弗生匆匆回到那艘大飛
船去，而我和張堅則在冰
原上舒展一下 **筋骨**。

不到兩分鐘，傑弗生的聲音從大飛船傳了過來，「衛斯理，你上次到過的冰洞，距離這裏約有十七公里。」

傑弗生話一說完，又從大飛船裏走了出來，我立即問他：「你怎麼知道？」

第十六章

權力使人瘋狂

傑弗生不愧是個聰明的科學家，他說：「剛才地心裏那個攝像鏡頭，必然有**信號**傳送到你所講的那個冰洞去，所以我利用探測儀，追蹤那些信號，找到那個冰洞的準確位置了。」

張堅**喜出望外**，隨即說：「我們有了小飛船，這次可以直接飛入冰縫，到達那個冰洞去了！」

「那還等什麼？」我們匆匆上了小飛船，小飛船仍由

傑弗生駕駛，沿着冰縫向前  了十七公里，然後沉入冰縫去，慢慢下降。

我們看到了那條繩索，上面的冰是給我用小刀刮去過的。

在繩子的盡頭處，便是那個大冰洞。飛船直駛進洞內，降落下來。

我們一走出飛船，傑弗生教授已帶着狂喜的神情，奔向那台電腦，略看了一看，便興奮得 手舞足蹈 ，歡呼起來。我連忙問：「怎麼樣？」

「解決了！什麼問題都解決了！」傑弗生興奮道。

張堅很驚喜，「你是說，我們可以控制地心熔岩，在任何地方宣泄出來？」

「嚴格來說，也不是任何地方都可以，你們看！」傑弗生細心看了一下那台電腦的各個按鈕，然後伸手按了其中一個，我們面前的「全息顯示器」便浮現出一個球體來，那是地球的影像，在緩緩地轉動着，而它的表面佈滿了許多發光的小紅點。

傑弗生注視着那個「地球儀」，忽然讚嘆道：「藤清泉真了不起。」

　　我和張堅都不明白他的意思，但還未開口問，他已經解釋道：「你們看，這些 **紅點** 代表着地殼最容易發生變動的地方，也就是説，當我熟悉了操作這台電腦後，我就可以控制地心熔岩，在這些紅點之中任何一點噴發出去。」

　　我聽出傑弗生説話的語氣已經和以前有些不同了。

　　以前，他總是稱「 **我們** 」的，將行動稱為「我們共同的偉大事業」；但如今，在提到可以控制地心熔岩隨意噴發的時候，他卻改稱「 **我** 」了。

　　我吸了一口氣，問：「那麼，藤清泉又如何了不起呢？」

　　傑弗生的手可以轉動那個地球影像，他把冰島轉到我們面前，說：「看到了沒有？在冰島附近的海面上，那符號是**與眾不同**的。藤清泉曾説過，熔岩宣泄最理想的地點，是在冰島附近的海域中，他的見解和綠色外星人的見解是一致的，他不是極**了不起**麼？」

「那我們該和他聯絡了，讓他也來這裏，和你一起研究如何操縱這台電腦。」

傑弗生一聽到我的提議，竟緊張地張開雙手，作出一個 **攔阻** 他人接近電腦的姿勢，大聲説：「不，這工作歸我一個人來做！」

我和張堅互望了一眼。這時不僅是我，連張堅也看出傑弗生的態度起了變化。

我連忙問：「為什麼你一個人來做？」

傑弗生揚起頭來，「因為這 權力 是屬於我一個人擁有的！」

他已經 **發狂失控** 了，説着這句話時，居然把旁邊那兩個綠色外星人的屍體捧起來，拋出冰洞，掉到冰縫底去。

「你在幹什麼？」我喝道：「傑弗生，你的假面具終

於撕下來了！」

傑弗生聽到我的話，也突然**呆住**了。

我相信，在發現這台電腦之前，他的確一心想拯救地球。可是當他發現了這台電腦，意識到自己將握有至高無上的權力時，心態刹那間就改變了！

這實在是人的 **本性**，世界上最吸引人的，就是權

力。為了爭權，多少人失去了生命，多少人埋沒了良知！

我望着傑弗生，當他面上又現出那種狂熱神情之際，我猛地踏前一步，舉起那張沉重的**金屬椅子**來。

他吃了一驚，「衛斯理，你想做什麼？」

我高舉着椅子説：「傑弗生，如果你還不改變你的念頭，我就將這台**電腦**毀去！」

傑弗生大叫道：「你別胡來！你毀去這台電腦，就無法避免地球在一百年內爆裂！」

我冷冷地説：「也比世上出現一個有着這樣權力的人好。」

「這算什麼話？如果不是我，地球將沒救了！我是地球的救主，我在地球人身上得到一些回報，也是我應有的權利，**我是救主！**」

　　我實在聽不下去了，雙臂一發力，將手中的椅子向前
拋了出去。

　　然而就在這時，「**砰**」地一聲，傑弗生不知在什麼
時候已拔了槍，向我發射。

　　那一槍射中了我的右肩，使我的身體猛地向右傾側，
椅子沒有擊中那台電腦。

　　我低頭看我肩上的傷口，鮮血流了下來，滴在冰上，
立時凝結成一粒一粒的冰珠子。張堅站在我的身旁，傑
弗生教授則**狂笑**　着説：「沒有人可以阻止我，沒

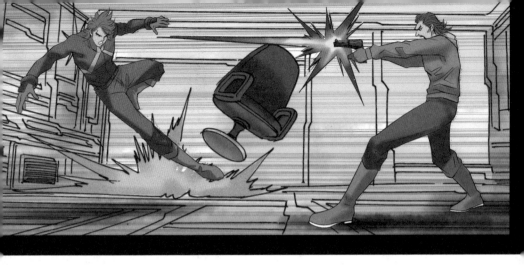

有人能違背我的意思，所有人都將服從我，我是這世界的

，是這世界的再創造者！」

傑弗生叫得有些，張堅趁機回過頭

來關心我：「你不要緊麼？」

「我沒有什麼，快設法奪下他的槍。」我按住肩上的

傷口，感覺到那只是 **皮外傷** 而已，子彈沒有打進身

體內，但也非常痛。

張堅則向着傑弗生慢慢地走了過去，傑弗生仍然在近

乎發狂地高叫，張堅來到他的面前，突然大聲叫道：「傑

弗生！」

傑弗生還來不及反應，張堅的 **拳頭** 已重重地向他的下巴揮去，使他的身體猛地向後退。我連忙叫道：

「**快奪槍！**」

張堅立即向前跨了出去，可是由於動作太匆忙了，一時站不穩，竟跌在冰上。

傑弗生想趁機開槍，但自己的身子仍未穩住，不斷揮動着雙臂，想要 **保持平衡**。

當時的情勢可說是緊張到了極點，只要他一穩住身子，我和張堅兩人便會 **性命不保**。

而就在這時，傑弗生終於失去平衡，身體向後一仰，壓在那台電腦上，他的雙手、屁股和背部，都意外地壓到了一些按鈕，甚至撥動了一根操縱桿。

我見機不可失，連忙撲向前，張堅也在冰上滾了過

去，抱住了傑弗生的雙腿，我們三個人一同 滾 一 跌

在地上。

　　混亂間，傑弗生一槍又一槍地開着，但因為手臂被我

緊緊地壓住，所以他沒一槍射中我們，子彈全嵌入冰中。

等他把子彈都射完了，我才鬆開了他的手臂，忍住肩頭上

的 劇痛 ，站了起來。

　　但這時，那台電腦正發出一種如蜜蜂飛行時的「嗡

嗡」聲，大部分的燈都在閃動着。

傑弗生和張堅也站起來了，我們三個人都**驚呆**，我甚至連肩頭上的疼痛也暫時忘掉。

我們都知道，那是一台極之複雜而威力強大的電腦，如今它顯然**啟動**了起來，正在運作中。天知道它將會做出什麼事情來？說不定會造成地震、火山爆發或海嘯等等的巨大災害，甚至……令地球毀滅！

我們三個人站着，一動也不動，心中驚駭莫名。

第十七章

意外引發災難

我們不知道那台電腦在進行着什麼，只見那個地球立體影像的旁邊，另外浮現了一個 **地心洪爐** 的影像，和我上次所見到、聽到的一模一樣，烈焰在翻騰，驚人的聲響震撼着整個冰洞。

那種狀態足足維持了十分鐘之久，才靜止下來。

電腦的「嗡嗡」聲停止了，張堅突然指着那個地球影像，說：「**看！👀**」

那地球仍在轉動，但細心一看，和之前有所不同，其中一個紅點在急速閃動着，然後才慢慢穩定下來。

張堅驚問：「剛才究竟發生了什麼事？」

其實我們心中都大概猜到了，傑弗生吸了一口氣，冷靜道：「剛才⋯⋯我們發動了一場地震。」

張堅連聲叱喝：「是你！是你碰到了那些按鈕！」

傑弗生卻擺了一下手說：「別再計較這件小事了。我能拯救地球，當然有權獲得拯救地球的回報。我們五個人好好地合作，以我為首，怎麼樣？」

　　我肩頭上陣陣的劇痛，使我只能倚着冰壁而立。張堅望着我，他顯然已沒有了主意。

　　我於是裝出十分 衰弱 的樣子，身子沿着冰壁，慢慢地滑下去，坐在冰上，向傑弗生問：「那麼……你的計劃是怎樣？」

　　傑弗生哈哈地笑了起來，「我們五個人，組成一個集團，你將會是我們政策的執行者、發言人 ，是我們的巡迴大使。我先發公函給各國政府，預告在指定的時間和地點，造成一場海嘯、地震或火山爆發，使各國政府知道我們確實掌握了這種無可比擬的力量！」

我苦笑了一下，「然後呢？」

傑弗生繼續説：「然後，我們就提出要求，不論我們要什麼，沒有國家會拒絕的，因為我們所掌握的力量，是**無可抗拒**的！」

他忽然轉身，在那個地球影像上，逐個地方指着説：「這裏是華盛頓，這裏是東京，這裏是柏林，這裏是倫敦，我可以在舉手之間，令這些城市完全變成廢墟！」

我這時坐在冰上，裝出十分衰弱的樣子，目的是要傑弗生認為我的傷很重，已無力對付他。

我心中在想，我們這幾個人，若是掌握了隨時可以毀滅一座城市、一個國家的**力量**的話，我們會否變成**狂人**呢？

那是絕對可能的！謀取權力是人的本性。傑弗生教授最初的**本意**，我相信也是十分好的，他確實想拯救世

界。但當他發現自己掌握了這樣大的力量時，心態一下子就改變了！

我絕不能讓事情 惡化 下去！

這時傑弗生已連續地催促我答覆他。我忍着肩頭上的疼痛，抬起頭來，説了一句含糊的話。

傑弗生當然聽不清楚，因為連我也不知道自己在説什麼，我是故意令他聽不懂的。

他向前踏了一步，「你説什麼？」

我又將那句話 喃喃 地重複了一遍，傑弗生又向前走來，並且俯下了身子，湊近來聽。

我看準機會，毫不猶豫地一拳擊向他的下巴，同時伸腿一掃，他的身子就像 木頭 一樣倒下，後腦撞在冰上，昏了過去。

　　我立即站了起來，看到血從傑弗生的口角流出，凝成了紅色的冰條。我還未出聲，張堅已將傑弗生抬起來，塞進那艘小飛船去，再回過頭來問我：「怎麼樣？要立刻替你找 **醫生** 🩺 嗎？」

　　如今有更要緊的事情要做，我搖了搖頭說：「你把傑弗生看住，他的身體很強壯，隨時會醒來的，你要——」

　　我講到「你要」這兩個字的時候，突然看到傑弗生的身子，在飛船內動了一動，我連忙叫道：「**張堅，小心！**」

　　可是，我的警告已遲了一步，只見張堅的身子一晃，顯然已吃了一拳，整個人從飛船門邊跌下來。

　　而當張堅在冰中滾着，想要站起來之際，飛船發出「**嗡嗡**」的聲音，已經騰空而起，「唰」的一聲飛出

了冰洞。「嗡嗡」聲漸
漸遠去，轉眼間，冰洞
又 **寂靜** 下來。

　　張堅終於從冰上站
起，說：「**糟糕**，
我或者還可以沿着那根
繩索攀出去，但你肩頭
上的傷勢⋯⋯怎能攀出
冰縫？」

　　我嘆了一口氣說：
「張堅，你別太樂觀，
你以為傑弗生會將那根
繩索留給我們嗎？」

　　張堅怔了一怔，連忙向冰洞口衝過去，仰頭往上望，氣急道：「那繩子真的不見了！」

　　我苦笑着，「那是 **意料中事**，但你放心，傑弗生必定會再來，他絕不會放棄他那種『權力』。」我指了指那台電腦。

　　但張堅一下子變得相當 **悲觀**，「他大可以等上三四天，才來收我們的屍體。」

　　這時我也慢慢地來到洞口，向上看去，想要攀上那樣的冰壁，幾乎是沒有可能的事。

　　我站在洞口發呆了好一會，才突然想起，冰洞內有些紙盒，盒中全是綠色的塊狀物。現在我已經知道，那是綠色外星人的 **神奇食糧**。

　　有了這些食物，我們至少可以在這個冰洞活很久。我於是走向那張桌子，找到了那些盒子，取出一塊綠色的食

糧，拋給張堅。

張堅接在手中，腦筋一時未轉過來，問：「這是什麼？」

「是食物，你嘗嘗，味道可能不錯，但關鍵是，它能維持住我們的生命。」我一面說，一面已將這樣的一塊東西放進口中。

才一入口，我便感到一陣難聞的  ，幾乎要吐出來，但我還是硬着頭皮，將它吞了下去，而張堅亦  地跟着我硬吞。

沒多久，我口中的草腥味漸漸退

去，代之而起的是一種十分 甘香 的味道。同時，我還覺得精神為之一振，連情緒也變得積極樂觀起來。

張堅面上沮喪的神色也在漸漸減少，我立即明白，一定是這種食物的神奇作用！

這種食物不但能解決 飢餓 ，而且還可以使人精神飽滿，積極進取，面對任何艱難環境都不會感到絕望。

我向前走出了一步，張堅也向我走出一步，我甚至覺得肩頭上的疼痛也減輕了不少。

張堅說：「我們該設法聯絡藤清泉和羅勃，我相信這裏跟空中平台一定有着直接的聯繫。」

　　我點了點頭，深知傑弗生大怒而去，一定會先回到 。我們必須先他一步，提醒藤清泉和羅勃作好準備。

　　我來到那台電腦前面，細心地看着，看到其中一個 **按鈕** ⬤ 的圖案，是我在空中平台上經常看到的，那似乎是空中平台的代表圖案，我於是試着按下去。

　　果然，一按之後，全息顯示器浮現了一個立體影像，是空中平台上的其中一個房間，而且見到藤清泉正在翻閱着資料，羅勃則在來回 **踱步** 👞。

　　我大聲叫道：「藤清泉，藤清泉！」

　　我叫了幾聲，藤清泉和羅勃兩人便好奇地走了過來。

　　我知道他們也看到我們了，羅勃以他濃重的美國南部口音說：「衛斯理，你們正在那個冰洞中麼？」

　　「對！」我着急道：「羅勃、藤清泉，你們聽我說，

傑弗生正回去，他已經成了一個**狂人**！」

羅勃的聲音充滿了疑惑：「狂人？這是什麼意思？」

我忙道：「我很難向你解釋，但是他一定——」

我才講到這裏，便呆住了，因為我看到傑弗生鐵青着臉，已經**闖進**了他們的房間來！

第十八章

　　傑弗生一進入那房間，藤清泉和羅勃便聞聲轉過身去。

　　只見傑弗生手中又多了一支**手槍**，幾乎停也不停，就扣動了扳機。

　　羅勃胸口中槍，應聲倒下，看樣子是當場死亡了。藤清泉則指着傑弗生，手在**發抖**。

　　傑弗生向前踏出一步，說：「藤清泉，我還是需要你

的，我們可以合作。」

藤清泉那指着傑弗生的手垂了下來，「我明白了，你已經找到控制地心熔岩，在指定地點噴發的 **方法**，是不是？」

傑弗生走了過去，雙手按在藤清泉的肩頭上。和傑弗生高大的身子相比，藤清泉顯得乾瘦、瘦小，但是他面上那種 **堅毅清高** 的神情，與傑弗生那利慾薰心的嘴臉相比，不知好看多少倍，偉大多少倍。

傑弗生説：「是的，我已找到那方法了。藤清泉，你

可看出這能給我們帶來多大的財富，多大的權力麼？」

藤清泉冷冷地說：「或許我太老了，我看不出來。」

傑弗生後退了一步。我真擔心藤清泉的**安危**，可是又無法去救他，只能大聲喊：「傑弗生，你若是傷害藤清泉，我就毀了這台電腦！」

傑弗生聞聲轉過頭來，面色變得**鐵青**，他怒道：「你敢碰那台電腦，我立時開槍殺掉這老狗！」

傑弗生顯然已經失去常性，竟稱呼藤清泉這樣值得尊敬的一流科學家為「老狗」，我真恨不得再狠狠地打他幾

拳!

藤清泉坐下來,苦笑了一下,「教授,我們拯救地球的工作已經停止進行了嗎?」

傑弗生揮舞着手説:「當然不!但我也不能白白地工作,**我要得到回報!**」

「地球安然度過危機,已是最好的回報了。」藤清泉像什麼事都沒有發生過一樣,又埋首去研讀文件。

傑弗生狠狠地瞪了他一眼,又踢了羅勃的屍體一腳,**悻悻然**走了出去。

我忙叫道：「藤清泉，藤清泉。」

藤清泉抬起頭來。我說：「藤清泉，你看有什麼法子可以 **阻止** 他？」

藤清泉默然地搖了搖頭，面上那種難過至極的神情，叫人看了，也不禁 **心酸** 。

我嘆了一口氣，勸慰他：「藤清泉，你放心，我們一定設法阻止傑弗生的狂行，並按照原來的計劃，使地心熔岩在冰島附近的海底噴發。」

藤清泉呆了半晌，又低下頭去，翻開他面前的資料。

我知道，傑弗生這時一定正趕回來冰洞。他有武器，我們只得 **赤手空拳** ；而且，他已經殺了羅勃，絕不在乎再多殺幾個人的。

張堅也明白目前的境況，問：「怎麼辦？他有武器，

有飛船，有那些綠色外星人留下的先進裝備，我們與他相比，等於原始人遇到了 **坦克車** 一樣！」

我迅速向洞口走去，往下看了一看，説：「我們可以設法向冰層下面爬去，不讓他發現。」

張堅也來到了洞口，質疑道：「這樣會不會太危險？」

我苦笑着説：「會！而且極度危險！但是傑弗生一來，我們就死定了。所以，還是值得 **冒險** 的，説不定很快能找到另一個冰洞躲進去。」

張堅考慮了一下，説：「好吧，我們帶上食物，免得餓死在冰縫中。」

我們於是各取了一盒 **食糧** ，藏在衣服裏，然後走到冰洞口，踏着冰壁上突出來只有三數寸的一根根冰條，向下爬去。

傑弗生的小飛船來得真快，我們只爬下了十餘米，

就已經聽到飛船的「嗡嗡」聲。我和張堅兩人面面相覷，

之際，發現旁邊剛好有一塊凸出

來的冰，我們慌忙爬到那塊冰的下面，希望能擋住傑弗生

的  。若他駕駛着飛船，直飛進冰洞的

話，應該是發現不了我們的。

　　我盡量貼近冰壁上，感到了一陣陣徹骨的 ，

牙齒不斷打顫。

不到兩分鐘，我已聽到飛船駛進冰洞的聲音，然後靜了下來，顯然是飛船已經停在冰洞裏了。沒多久，傑弗生近乎**咆哮**的聲音自冰洞口傳了出來：「你們以為可以逃得脫麼？你們以為可以**溜走**麼？」

我和張堅以為可以瞞過傑弗生，但證明我們低估了他的智慧，他一定已猜到我們躲在什麼地方了，因為我們突然聽到槍聲，而**子彈**穿過了我們頭頂上方凸出來的那塊冰，在我們身邊呼嘯而過，幸好沒有打中我們的身體。但那冰塊受了幾下槍擊後，終於**碎裂**，掉了下來，撞到我們的頭上，使我們再無法抓緊冰壁，直跌了下去！

在我和張堅兩人向下跌去的時候，我們還聽到傑弗生的**怪笑聲**。

我和張堅幾乎是靠在一起跌下去的，攝氏零下三十度的冷空氣，在我們的面上以極高的速度掠過，使我們的臉好像被無數刺割着一樣。

我心裏想着這次必死無疑了，可是忽然之間，在我們的下方，我看到了兩團陰影在飄浮着，看來就像兩個**幽靈**。

　　當我們愈來愈接近那兩團陰影的時候，我漸漸看出，那兩團陰影事實上是兩個人！而且我已經不是第一次見到他們了，他們就是死在那冰洞中，被傑弗生拋下冰縫去的那兩個 綠色外星人 ！

　　我不知道這兩個綠色外星人屍體，為什麼能 飄浮 在半空，沒有一跌到底。但我立即想到，他們的身體既然有着浮空的力量，我們不是也可以得救麼？

　　我立即把張堅推開了一些，然後叫道：「抓──」

　　我只講出了一個字，便無法再講下去，因為大蓬的冷空氣湧進了口中，我的 舌頭 立時僵硬了。

　　雖然我只講出一個字，但張堅已明白我的意思，他雙臂伸出，成功抓住了一個綠色外星人的身體。而我也在同一時間，抓到了另外那一個。

剛抓住那兩個綠色外星人的時候，我們的身體仍然向下沉去，不過沉下了一些之後，**跌勢**便緩慢下來，最後還完全止住了跌勢。

張堅喘着氣，在 **凍僵** 了的臉上，現出極度駭異的神情來，「這……是怎麼一回事？」

看他的神情，像是根本不相信在這樣的情形下，我們居然還能獲救一樣。而我也有着相同的感覺！

我察看了一下，發現綠色外星人背上所負的氫氣筒之下，有着一圈 **腰帶** ，而那圈腰帶上，有着一排手指大小的噴氣管。

當我的手放到那排噴氣管口時，感到一股 **氣體** 從那些排氣管中噴出來。而在排氣管的旁邊，則是一個密封的 **金屬盒子** 。

我開始明白了，那「腰帶」是一種個人飛行器，而它

的 **燃料** ，就儲存在那金屬盒子之中。

張堅浮在我的身邊，也發現了那圍在綠色外星人腰上的「個人飛行器」，並且伸手按下了其中一個按鈕。他整個人突然隨着那屍體向後退，撞到右面的冰壁上，幸而力道不大，沒有受傷，也不疼痛，他還雀躍地歡呼道：「這是可以操縱的！」

我點了點頭，此時舌頭已經可以略為轉動了，我説：「試試…… **向上飛去！** 」

第十九章

無法制止傑弗生

　　張堅又去按下另一個按鈕，身體立時隨着那綠色外星人沉了下去，但很快又向上浮了起來，他興奮地叫道：

「奇妙，十分奇妙！」

　　「我們設法將這飛行器裝到自己身上。」我提議道。

　　張堅四面看了一看，説：「那麼我們先要找一個立足的地方。」

我們看見前面好像有一塊冰突了出來，互相交換了一個 **眼神** ，便操控着那些排氣管，飛了過去，在冰上站定。

我們將兩個綠色外星人身上的飛行器脫了下來，圍在自己的腰間，然後把他們的屍體安放好在冰上。

接着，我們熟習了一下飛行器的基本操作，使自己 **浮在半空**，如同浮在水中一樣。

張堅忽然雀躍道：「衛斯理，從來也沒有一個人，能夠深入南極的冰縫這麼深，而且還**僥倖**獲得這麼好用的飛行器——」

我明白張堅的意思，他才**死裏逃生**，馬上又想去探險了。

我經常**調侃**說探險是他的第二生命，一點也沒有講錯。這時我搖頭道：「不，我們先上去對付傑弗生。」

但張堅向下面望去，「衛斯理，這是難得的機會，這處的冰縫特別深，和我們剛才發現小飛船的那個冰縫底不同。我們不如先下去，再上來，這不是更好麼？」

此時我對於南極冰縫下的情形，可説一點興趣也沒有，所以我提議道：「你下去吧，我上去找傑弗生。」

張堅這才記起：「可是你的**肩傷**——」

我苦笑道：「沒大礙，我照顧得了自己，你下去吧。」

張堅**面有愧色**，但依然伸手發動飛行器，人便迅速地向下沉去。

而我則向上升起，盡量保持安靜，速度適中。約莫在十分鐘後，我已悄悄地回到了那個冰洞口。

我向洞內**窺看**，只見傑弗生正在那台電腦前忙碌地工作着，完全沒察覺我已到了他的背後。

他凝神觀察着全息顯示器，又不斷地操縱着各按鈕。

我輕輕地關掉了飛行器，慢慢地向他走去，盡量不發出聲音來，直至來到他的背後，才忽然叫道：「傑弗生教授，你好。」

傑弗生正在忙碌之際，赫然**吃驚**地轉過身來，瞪着我，面色蒼白，好像見了鬼一樣。

　　他猛地拔出了槍，但我早有準備，先他一步舉起手掌，向他的手腕  劈去，將他的武器搶到了手中，然後迅即向他開了一槍。不過，我故意沒射中他，只打在冰壁上。

　　他嚇了一大跳，然後恨得牙癢癢，咬牙切齒，扼着手腕道：「你⋯⋯你居然沒跌死！」

我 **聳聳肩** ，冷冷地說：「人在冰縫中，是不會下沉的。」

傑弗生怒罵：「**胡說八道！**」

我笑道：「你若是不信的話，可以去試一試。」

傑弗生哼了一聲，而我則走近一步，問他：「你已經懂得使用這台電腦了麼？」

傑弗生頓時掩飾不了心中的興奮，立即說：「差不多了，差不多了，我已經知道，橫的一排按鈕是代表地球緯線，縱的一排是經線，各選好之後，它們的交叉點，就是**壓力的缺口**，供地心岩漿宣泄的所在！」

他頓了一頓，喘了一口氣，「現在，就只欠威力的調節和**計時**⏱引發的方式還未完全弄懂。若非你來打擾我，我早已學會了所有的操作！」

我轉過頭去看那台電腦，心中突然湧起一種奇異的感覺。

試想，我們居住的地球，居然能憑按鈕任意毀滅，這種感覺，誰不感到**奇異**？

霎時之間，我可以成為地球上最強大的人，操縱着地球上所有人的生死存亡。只要我的手指輕輕一按，多少人會在地球上**消失**？再偉大的建築物，也要變成廢墟。

　　我望着那些按鈕，好像感覺到自己的身體在膨脹，不斷膨脹，心中有一種想**大笑特笑**的衝動。我怎能不笑呢？試想想，一旦掌握了這樣的權力，古往今來，還能有什麼人和我相比？

　　但我心底深處還是知道，若笑了出來，我就變成第二個傑弗生了。

　　就在我心神不定之際，冷不防傑弗生突然**發難**，趁機將我手中的槍奪了回去。我恨自己太大意了，但依然極力保持冷靜。

　　傑弗生奪回手槍

後，立即 **獰笑** 着，「衛斯理，我現在不需要你們的幫助了，我可以另外去招募手下，甚至自己一個人來完成這偉大的事業！」

他慢慢地揚起手中的槍，對準了我。

就在他扣下扳機的一刻，我及時按下「飛行腰帶」上的一個按鈕，整個人迅即騰空而起，斜斜地向洞口外飛了出去，因此 **子彈** 打不中我。

這一下變化，顯然是傑弗生始料未及的，他向我又開了幾槍，但我正急速向上飛，傑弗生根本無法 **瞄準** 我。

我一直向上升去，轉眼間，已經飛出了冰縫。

傑弗生沒有開小飛船追來，使我大感意外。過了一會，我突然記起仍在冰縫底探險的張堅，不禁**擔心**起來。

我於是再飛進那道大冰縫去，看看傑弗生在幹什麼，張堅會否不小心落入了他的手中。

但當我在冰縫中慢慢沉下去之際，突然看到了一片奇異的**紫色光幕**。

那片紫色的光幕，是停在冰洞口上的小飛船發射出來的。那柔和的紫光從飛船頂部向上射去，遇到了洞頂的冰之後，又倒折下來，恰好形成了一片光幕，將整個冰洞口掩蓋住。

我還看到，在冰洞口的頂部，紫光照射的地方，冰開始**融化**，已有幾根巨大粗壯的冰柱形成。

透過紫色光幕，我看到傑弗生仍忙着研究那台大電腦的操作方式，非常專注，沒有察覺到我已經飛回來。

我不知道那紫光是什麼玩意，但必定有傷害性和殺傷力，傑弗生才會用它來封住冰洞口，不讓別人進去。

而我察覺到，那些紫光正在漸漸減弱，估計是飛船的 **能源** 快耗盡了。我決定先去找張堅，然後再回來合力對付傑弗生，希望到時飛船已經耗盡了能源。

我於是繼續向下沉去，不一會，已經越過了我和張堅分手之處，我的心中也愈來愈 **焦急**，張堅究竟沉到多深去呢？

不知道又下沉了多久，我看到藍得像天空也似的海水，也看到了張堅！

他正在離海面兩三尺處飄浮着，手摸着海水，面上神情如同 **着了魔** 一樣。他一看到了我，便大叫道：

「你看，**海水是溫的！**」

我降下去，伸手摸了摸海水，果然感到有點溫暖。

事實上，海水可能接近攝氏零度，但因為冰縫內的溫度實在太低，所以海水已算溫暖了。

張堅突然又說：「衛斯理，我發現了地球的另一個危機。你看，冰層底下全是海水，這說明整個南極洲冰原，只是浮在海面上的一塊巨大無比的 **冰塊**。這冰塊正在融化，總有化盡的一天，到時，地球上的陸地，十之八九

將被 **淹沒** ，人類還有生路麼？」

張堅的理論可能正確，但這時有更重要的事要解決，我說：「張堅，先別管這些了，剛才我已幾乎擊倒傑弗生，可是 **一時大意** ，又被他逆轉過來！如今，他正在用一種十分怪異的紫光封住了那冰洞的洞口，使我們難以進去。」

張堅想了一想，說：「那我們去看看，一定能發現什麼 **破綻** 的！」

「好！」

我們立即一起升上去，可是一直向上升，升了許久，絕對超過了冰洞的位置，卻依然見不到那個冰洞。換句話說：**冰洞消失了！**

第二十章

一切的毀滅

「奇怪！冰洞怎麼不見了？」我們上下左右來回尋找了好幾遍，也找不到那個冰洞口。

我回想了一下剛才的情形，便恍然大悟，「我明白了！剛才我已經看到，那紫色的光線，令洞口頂部的冰融化，一根根的 **冰柱** 垂了下來，傑弗生卻沒有察覺。如今，那些融冰一定已經把冰洞口完全封住了。而且我也留意到，飛船射出的光線愈來愈弱，顯然是能源快要 **耗盡** 的樣子，現在能源可能已經耗盡了，不能再運

作！」

張堅呆住了一會，才説：「既然這樣，我們先飛出冰縫再説。」

「好。」

我們兩人於是迅速地上升，不一會就飛出了冰縫，先在冰原上 **歇息** 一下。

張堅嘆了一口氣，「不知道傑弗生如今在冰洞中幹什麼。」

「誰知道。」我説：「或許他正在撰寫致各國元首的 。但不論如何，他一定會製造幾場由他事先指定的地震，來證明自己掌握了這樣的力量。」

「我們難道沒有辦法阻止他麼？他簡直是瘋了！」

我立時想起自己站在那台電腦前，思想發生變化的經過，不禁搖着頭感嘆：「當一個人被巨大的權力

迷惑住，是沒有什麼力量能夠勸醒他的，除非有另一種更強大的力量，將他壓下去。」

張堅感到**無可奈何**，「我們去哪裏找這種強大的力量？」

我一時間答不上來，因為我確實想不到，地球上還有什麼力量可以壓制傑弗生，除非那個遠在銀河系之外的星球，再派**綠色外星人**來。

張堅顯然也想到了這一點，因為我們兩個人，不約而同地抬頭望向天空。

而就在這個時候，天上突然出現了一大團奇妙之極的**光華**。

我和張堅很驚訝，他立時失聲道：「不好了！是反常的極光，磁性風暴將要來了！」

一開始的時候，那團異光是耀目的白色。但張堅的話才一出口，那團白色光芒便開始轉變為淺黃色，接着是橙色、紅色、深紫色。張堅又更正道：「不，這不是極光！」

話音剛落，空中突然傳來一下驚天動地的巨響。

同時，我們感到整個冰原都在**蠕動**着。我們如同在一個**篩子**上，被猛烈篩動着一樣。

我第一時間想到，傑弗生已經在行使他所握有的權力了！

我勉強抬頭向上望去,只見在一聲巨響之後,天上又出現了奇景。

在剛才出現一大團光華的地方,這時有着各種各樣的光芒,如 **煙花** 般四下迸濺。

冰原上本來很平整的積雪,現在竟然因為震動而出現了 **波浪紋** ,可見震動的力量是何等巨大!

我們都被高空中那種絢麗耀目的光彩懾住。我漸漸看出,天空中那些 **幻彩** ,全是細碎的金屬片,帶着高熱四下飛濺,真的和煙花的原理一樣,煙花便是利用各種金屬粉末造成的。

但是,在那麼高的空中,怎會突然有那麼多的金屬碎片呢?我立刻想到了那個空中平台,不禁失聲道:「那空中平台……爆炸了…… **全毀了!** 」

「那怎麼會,好端端地怎麼會──」張堅說到這裏,

突然和我不約而同地怔了一怔，同樣想起了藤清泉博士來。

　　留在空中平台上的兩個人，羅勃已經死在傑弗生的槍下，只餘藤清泉一個人。這位 **倔強**、高貴的老學者，知道了傑弗生的 **野心** 和陰謀，當然不願屈服，卻又無力反抗。那麼，在他而言，唯一可以做的……就是將那座

空中平台毀去！

「快留意！看是不是有飛船飛下來！」我緊張道。

我和張堅一同抬着頭，細心地觀察，只見那奪目的光彩漸漸消散，空中回復一片 **澄藍** ，什麼也沒有留下。

我按下飛行帶上的按鈕，想要向上飛去，可是飛行帶沒有反應。張堅也遇到同樣的情況，他的飛行帶也失靈了。

我們 **無可奈何** ，相顧苦笑。

「如果我的估計沒有錯，那是藤清泉毀去了空中平台。但不知道此舉是否能制止傑弗生的狂行，所以我們仍要將這件事 **公諸於世** ，我們去找南極的探險隊，將這消息傳開去！」我說。

張堅點了點頭，「好，反正我們有的是糧食。」他所

指的糧食，便是在那冰洞中取得，外星人留下來的一盒盒綠色方塊。

我倆開始在南極冰原上步行，只求遇到任何一支探險隊。可是，整個南極冰原那麼大，要找到那十來個探險隊的據點，和大海撈針差不了多少。

幸而這次我們有着那種神奇食物，能維持住我們的體力和樂觀情緒，直到我們終於被直升機發現，那竟然恰好是史谷脫的探險隊。

張堅的歸來，使他們舉隊歡欣若狂，而我謀殺張堅的罪名自然也不成立了。

我和張堅向史谷脫隊長和探險隊隊員敘述了我們的遭遇，卻被他們看成精神失常，駐隊醫生史沙爾爵士隨即下令要我們休息。

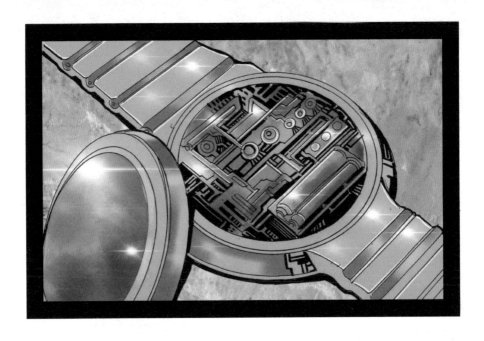

　　我倆因為無法說服他們而感到異常焦急，連忙拿出飛行帶作證據，可是他們拆開 **飛行帶** 一看，我以為放着超級燃料的地方，原來只是十分普通的無線電接收器而已。這時我終於明白為什麼在空中平台爆炸後，我們的飛行帶便失效了，原來飛行帶的 **動力** 也是來自空中平台的。

　　第二天，我們看到一則新聞：在北極附近，冰島近處的海底下，發生了地震，一座山從海面升起，形成一個新

的  ，那是挪威捕鯨船首先發現的。

我和張堅馬上知道那是怎麼一回事。我們估計，當傑弗生發現冰洞被封，而飛船的能源又已經耗盡時，他明白到自己已經無法出來；面對生命的盡頭，他終於良心發現，將地心熔岩，於藤清泉博士所説最適當的地點，宣泄了一點點出來，化解了地球的危機。

然而，那只是我們的猜想而已，事實的 真相 究竟是不是這樣，卻不得而知。不過，我們都情願相信這個猜想，相信人類始終還是有良知的。（完）

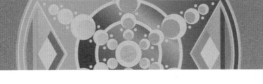

案件調查輔助檔案

咋舌

傑弗生教授的空中平台來歷不明，而平台上的一切都先進得令人**咋舌**，完全超出了地球人的科技水平，難免惹起我們的疑心。

意思：「咋」，粵音「炸」；指咬到舌頭，形容指因吃驚、害怕而說不出話的樣子。

易如反掌

而這種裝置，在每一個機械人的身上都有，我要把你們變成氣體，簡直是**易如反掌**的事情！

意思：比喻事情簡單，容易做到。

故弄玄虛

我冷冷地說：「別**故弄玄虛**了，你是什麼時候受外星人收買，開始為他們做事的？」

意思：故意玩弄花招，讓人感到迷惑，無法了解。

匪夷所思

我們覺得傑弗生所講的事情太過**匪夷所思**，但他解釋道：「每一個人的思想，都能形成一種十分微弱的電波，科學家稱之為腦電波。」

意思：指不能根據常理而想像得到。

熱脹冷縮

熱脹冷縮的原理，人人都知道。地球本來是一團熔岩，後來表面漸漸冷卻，形成了地面岩石，而地心之中仍是熔岩。

意思：一種物理現象，物體在受熱時會膨脹，遇冷時會收縮。

化險為夷

據這份報告書估計，地球人在那災難發生前約十年，便會發現這個危機，而從那時起，人類便會傾全力防止災難發生。那十年的時間，剛好足夠讓人類**化險為夷**。

意思：指從危險的境地轉化為平安。

迎刃而解

你可以用你的思想，命令機械人，將地心熔岩在冰島附近噴發一點點出來，危機就**迎刃而解**了！

意思：「刃」，粵音「孕」；比喻事情很容易處理、解決。

光年

講出我們星球的名稱，對你們沒有什麼意義，因為地球人對地球以外的事知道得太少了，而我們的星球離銀河系有七百萬**光年**那麼遠，你們難以想像吧！」

意思：長度單位，指光在真空之中前進一年的距離，1光年大約相當於9.5萬億公里，常用來表示天體之間的距離。

天方夜譚

憑五個人的力量來挽救整個星球的危機，聽起來像**天方夜譚**，然而，有着那些先進設備，使我們五個人都有信心。

意思：本指阿拉伯著名的民間故事集，後借以形容荒誕誇張的言論。

瞭如指掌

傑弗生、張堅和我一同上了其中一艘，傑弗生坐上了駕駛的位置，他看過無數次機械人駕駛這些飛船的情形，所以對一切操作也**瞭如指掌**。

意思：本指天下的事情如掌中的物件般容易了解，後比喻對事情了解透徹。

瞠目結舌

每一種顏色都閃耀着光芒，使我們如同置身在一個巨大無比的萬花筒之中，令人**瞠目結舌**。

意思：眼睛睜大，說不出話來，形容吃驚的樣子。

熔點

但鋁的**熔點**極高，如果那種灼白的光芒真是鋁熔化時所發出來的話，那麼，飛船外面的溫度至少超過攝氏六百多度，但我們在飛船內卻完全感覺不到異常的熱力。

意思：指固體在壓力下開始熔解為液態的溫度。

利慾薰心

和傑弗生高大的身子相比，藤清泉顯得乾瘦、瘦小，但是他面上那種堅毅清高的神情，與傑弗生那**利慾薰心**的嘴臉相比，不知好看多少倍，偉大多少倍。

意思：指貪圖名利私慾而蒙蔽了心智。

悻悻然

傑弗生狠狠地瞪了他一眼，又踢了羅勃的屍體一腳，**悻悻然**走了出去。

意思：形容憤恨不平的樣子。

調侃

我經常**調侃**說探險是他的第二生命，一點也沒有講錯。

意思：「侃」，粵音「罕」；指嘲笑、挖苦。

最後通牒

我說：「或許他正在撰寫致各國元首的**最後通牒**。但不論如何，他一定會製造幾場由他事先指定的地震，來證明自己掌握了這樣的力量。」

意思：一個國家與他國起爭執時所發出的文件，用以表明最後的要求，若限時內不獲回覆，則採取行動；現常指最後一次的通知或警告。

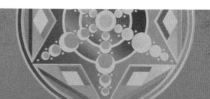

衛斯理系列 少年版 32

地心洪爐 下

作　　　者：衛斯理（倪匡）

文 字 整 理：耿啟文

繪　　　畫：鄺志德

助理出版經理：林沛暘

責 任 編 輯：陳志倩、劉紀均

封面及美術設計：黃信宇

出　　　版：明窗出版社

發　　　行：明報出版社有限公司

　　　　　　香港柴灣嘉業街 18 號

　　　　　　明報工業中心 A 座 15 樓

電　　　話：2595 3215

傳　　　真：2898 2646

網　　　址：http://books.mingpao.com/

電 子 郵 箱：mpp@mingpao.com

版　　　次：二〇二三年十一月初版

I S B N：978-988-8828-96-8

承　　　印：美雅印刷製本有限公司